COLLECTION DE feu M. CHARLES DROUET

Vente du Mercredi 3 Mars 1909

HOTEL DROUOT — SALLE N° 8

N° 73 du Catalogue

Estampes & Dessins Japonais

Mᵉ F. LAIR-DUBREUIL
6, Rue Favart

M. LOYS DELTEIL
2, Rue des Beaux-Arts

IMPRIMERIE

FRAZIER-SOYE

153-157, Rue Montmartre

PARIS

CATALOGUE

DES

ESTAMPES

ET

Dessins Japonais

COMPOSANT

LA PREMIÈRE PARTIE DES COLLECTIONS

DE FEU M. CHARLES DROUET

———

Dont la vente aura lieu

à Paris, **HOTEL DROUOT**, Salle N° 8

Le Mercredi 3 Mars 1909

à 2 heures précises

———

Par le ministère de Mᵉ F. LAIR-DUBREUIL

COMMISSAIRE-PRISEUR

6, Rue Favart

Assisté de M. LOYS DELTEIL, Artiste-Graveur, Expert

2, Rue des Beaux-Arts

CONDITIONS DE LA VENTE

Elle sera faite au comptant.

Les adjudicataires paieront *dix pour cent* en sus des enchères.

M. Loys Delteil remplira les commissions que voudront bien lui confier les amateurs ne pouvant y assister.

MM. les amateurs pourront visiter la collection, 2, *rue des Beaux-Arts*, du Jeudi 25 Février au Mardi 2 Mars inclus, de 2 heures à 5 heures, le *Dimanche excepté*.

DÉSIGNATION

KIYOMITSU — KIYOTSUNÉ

1. Actrices. Deux pièces.

BÉNIÉ

2. Coquillages divers et plantes marines.

HARUNOBOU

3. Trois personnages s'avançant vers un homme endormi.

4. Deux Femmes assises sur une terrasse.

5. Jeune Femme tenant une tête de cheval de bois, et dansant.

6. Deux jeunes Femmes s'embrassant.

7. Jeunes Femmes lutinant un personnage.

8. Jeune Femme conversant avec une autre femme
   accroupie, et tenant un poignard.

9. Jeune Femme prenant son enfant des mains de sa
   suivante, à laquelle elle remet une lettre.

10. Jeune Femme portant un enfant, et fillette.

11. Enfants luttant. — Page d'album. Deux pièces.

KORIUSAÏ

12. Femme en promenade, accompagnée de deux
    fillettes. — Deux acteurs masqués. Deux pièces.

BUNTCHO — SHUNYEI

13. Acteurs. Deux pièces.

SHUNSHO

14. Femme en buste, dans un cartouche formant éven-
    tail.

15. Acteurs. Onze pièces.

16. Acteurs. Douze pièces.

SHUNYEI

17. Acteurs. Treize pièces.

SHUNKO

18. Acteurs. Six pièces.

19. Acteurs. Sept pièces.

SHUNJÒ

20. Acteurs. Six pièces.

N° 24 du Catalogue.

SHUNSEN

21. Promenade au bord de l'eau, par un temps de neige.

KIYONAGA (Torii)

22. Trois Femmes et deux Fillettes en promenade.

23. Trois Femmes en promenade, se dirigeant à gauche.

SHARAKOU

24. Buste d'acteur tenant un parasol.

25. Buste d'acteur se frottant les mains.

TOYOHIRO

26. Sept Femmes se livrant à la chasse aux oiseaux. Triptyque.

TOYOKOUNI

27. Promenade en bateau.

28. Huit Femmes sur une terrasse, diptyque — Scènes d'Acteurs et de genre. Cinq pièces.

29. Acteurs. Cinq pièces.

30. Deux femmes assises sur une terrasse : l'une d'elle s'apprête à dessiner.

31. Sujets divers. Quatorze pièces.

SHUNTCHÔ

32. Deux femmes accompagnées de deux Fillettes, en promenade.

OUTAMARO

33. Les Dieux du Bonheur. Triptyque.

Nº 33 du Catalogue.

34. Scène à neuf personnages, au bord de la mer.
    Triptyque.

35. Scène de la rue. Collection Hayashi.

36. La Pédicure.

37. Deux femmes conversant : l'une tient une pipe.

38. Jeune Femme écrivant des vers.

39. Femme arrangeant sa chevelure. — Femme à sa
    toilette parlant à un chien. Deux pièces.

40. Deux femmes arrangeant des fleurs. — Jeune
    Femme admirant une branche fleurie. Deux
    pièces.

41. Le Maître de musique. — Femme regardant un
    instrument de musique déposé à ses pieds. Deux
    pièces.

42. Planche des 47 Ronins. — Femme habillée par sa
    suivante. Deux pièces.

43. Jeune Femme en buste, se retournant sur une
    autre Femme placée derrière elle. — Femme en
    buste mordant une étoffe. Deux pièces.

44. La Leçon de dessin. — La Couturière. Deux pièces.

45. Femme portant sur ses épaules, un enfant endormi.
    — Femme se coiffant, aidée par sa suivante. Deux
    pièces.

46. Suivante apportant une tasse de thé à sa Maîtresse
    se coiffant. — Femme montrant une étoffe à un
    personnage placé derrière un moustiquaire. Deux
    pièces.

47. Scène de Patinage. — Deux Musiciennes. — Deux
    pièces.

48. Deux Femmes en buste, l'une derrière un mousti-
    quaire. — Femme mordant un mouchoir. Deux
    pièces.

49. Scènes à trois Personnages. Trois pièces.

50. Sujets variés. Quatre pièces.

51. Femmes dans diverses occupations. Quatre pièces.

52. Enfant écrasant une couleuvre, en présence de sa mère. — Le Séducteur. — Femme en promenade. — Jeune Femme mettant des Chrysanthèmes dans un vase. Quatre pièces.

53. Sujets en largeur. Cinq pièces.

54. Fragments de la Plage à marée basse. Cinq pièces

SUKIMARO

55. Jeune Femme allaitant son enfant.

SHIKO

57. Deux femmes, l'une d'elles examine attentivement nne flèche.

YEICHI (Tchôbounsai)

57. Quatre jeunes Filles abandonnant aux méandres d'un ruisseau des feuilles de plantes ? Diptyque.

58. Promenade sous des glycines garnies de ballons lumineux.

59. Dame de qualité en promenade. Diptyque. — Scènes à trois personnages. Deux pièces.

YEIRI (Rékicenté)

60. Femme se peignant les lèvres. En forme de médaillon.

61. Les Puiseuses d'eau. Triptyque.

YEISAN

62. Promenade par un temps de neige. — Couple en promenade. Deux pièces.

63. Femmes à leur toilette. — Femme peignant des jouets, etc. Cinq pièces.

64. Femme en promenade. Format nagayé. Sous verre.

SOURIMONOS PAR DIVERS ARTISTES

65. Natures mortes. Neuf pièces par Kounihiro et autres.

66. Scènes à un personnage. Dix pièces par Hokuba, Kounisada, Hokkei, etc.

67. Scènes à plusieurs personnages. Onze pièces. Shogaku, Shumman, etc.

68. Scènes diverses. Douze sourimonos par Seiko, Yeshan, etc.

69. Scènes diverses et Natures mortes. Dix-huit sourimonos par Kounisada, Masanobou, Kitao Shigé-massa, etc.

70. Sujets divers et Natures mortes. Douze souri-monos.

HOK' SAÏ (Katsuchika)

71. *Meïkkiô Kiran.* (Les Ponts célèbres). Deux piè-ces.

72. *Fougakou sanjûrokkeï* (Pic Fouji). Deux pièces.

73. Les Cascades célèbres. Quatre pièces en hauteur.

74. *Hok'saï sôgwa.* Dessins cursifs d'Hok'saï. Vingt-deux planches doubles, teintées.

75. Treize planches doubles de la série précédente.

76. Fragments du *Yama mata yama.* Vingt-huit pièces.

77. Paysages animés de Figures. Cinq pièces.

78. Paysages et Scènes diverses. Sept pièces.

79. Promenades des Environs de Tokio. Neuf plan-ches (y compris deux doubles).

80. Natures Mortes. Huit sourimonos.

81. Scènes, en hauteur. Dix sourimonos.

82. Scènes, en largeur. Dix-huit sourimonos.

N° 55 du Catalogue.

HOK'SAI, HIROCHIGHÉ

83. Cueillette du Riz. — Promenade par la Neige,
etc. Six pièces.

HOK'KEI

84. Natures Mortes. Dix sourimonos.
85. Sujets divers. Treize sourimonos.

GAKOUTEI

86. Sujets divers. Onze sourimonos.
87. Sujets divers. Douze sourimonos.

KOUNISADA

88. Femmes et Enfant à leur toilette. Trois pièces.
89. Femme allaitant son enfant. à l'abri d'un mous-
tiquaire.

KOUNIYOCHI

90. Scènes de lutteurs. trois triptyques. — Scènes
diverses. Ensemble sept pièces.

KIYOMINÉ

91. Sujets divers. Cinq pièces.

HIROCHIGHÉ

92. Paysage d'hiver. en hauteur.
93. Homard et crevettes. Deux pièces.
94. Cinquante-et-une estampes (sur 53) de la Série du
Grand Tokaïdo.
95. Vingt-cinq planches doubles de la série précédente.
96. Trente-et-une planches doubles de la série précédente.
97. Vingt-sept planches doubles de la série précédente.

98. Petit Tokaïdo. Seize planches (d'une série de 53).

99. Petit Tokaïdo. Vingt-sept planches, y compris des doubles (d'une série de 53).

100. Les Beaux endroits des environs de Tokio. Vingt-neuf pièces.

101. Huit planches doubles de la série précédente.

N° 94 du Catalogue.

102. *Fouji sanjurok'kei* ou Série de 36 vues du Mont Fouji. Trente pièces.

103. Dix planches doubles de la série précédente.

104. Vues de Tokio, Ômi, Foudji, Kiso, etc. Huit pièces.

105. Vues, poissons, oiseaux, etc. Onze pièces.

106. Histoire des 47 Rôninn. Dix pièces.

107. Oiseaux sur des branches. Sept pièces.

108. Coquillages et Poissons. Onze pièces.

109. Petits Paysages. Dix pièces.

110. Paysages divers. Vingt pièces.

DIVERS

111. Personnage pressant une Femme.

112. Scènes diverses, Animaux. Huit pièces par Shum-man, Gakoutei et autres.

113. Sujets divers, Paysages, Natures mortes. Treize pièces par Hokouju, Shighemassa et autres.

114. Scènes diverses, paysages, fleurs. Treize pièces par Sadahidé. Shuntei, etc.

115. Scènes diverses, paysages, etc. Quarante pièces.

116. Scènes diverses, paysages, etc. Quarante pièces.

117. Scènes diverses, paysages, etc. Quarante-cinq pièces.

118. Scènes diverses, Paysages, Fleurs, Animaux. Quarante-cinq pièces.

119. Scènes diverses, Paysages, etc. Vingt-deux pièces.

KAKIEMONOS

120. Sous ce numéro, il sera vendu par unités ou par petits lots, 85 Kakiemonos par ou de l'école de Outamaro, Kionagha, Toyo-hiro, Yeshi, Osaï, Massanobu, Toyokouni, etc.

PONCIFS

121. Poissons, oiseaux, fleurs, arrangements décoratifs. Soixante-cinq poncifs. CE NUMÉRO SERA DIVISÉ.

ETOFFES

122. Sous ce numéro, il sera vendu des morceaux d'étoffes japonaises.

PEINTURES — DESSINS

AUYIMARO

123. Femme en promenade, accompagnée d'un garçon. Peinture. Sous verre.

HOK'SAÏ

124. Paysage. Format nagayé. Encadré.

MASSANOBU

125. Femme assise, tenant un éventail. Peinture. Sous verre.

MOROMASA

126. Jeune Femme se teignant les sourcils. Peinture. Sous verre.

ROSETSU

127. Jeune Chat jouant avec sa Mère.

SHUNSHO

128. Trois femmes sur une terrasse ; l'une d'elles peint un éventail. Peinture. Sous verre.

SOSÉN

129. Deux Singes surveillant une mouche.

130. Trois Singes sur un tronc d'arbre. A l'encre de chine, avec rehauts. Sous verre.

131. Singe se balançant. A l'encre de chine, rehauts. Sous verre.

132. Singe se soutenant à une branche. A l'encre de chine. Sous verre.

133. Singe se balançant. A l'encre de chine, rehauts. Sous verre.

TOGETSU

134. Singe suspendu à une branche. A l'encre de chine. Sous verre.

TOYO-HIRO

135. Deux femmes conversant. Peinture. Sous verre.

TSUNEMASA

136. Deux Femmes sur une terrasse, au bord de la mer. Peinture. Sous verre.

137. Jeune Femme accompagnée de sa suivante, se coiffant. Peinture. Sous verre.

138. Deux femmes assises, l'une lisant. Peinture. Sous verre.

139. Femme et fillette en promenade. Peinture. Sous verre.

YEISHI

140. Femme en promenade. Peinture. Sous verre.

DIVERS

141. Paysages. Six dessins rehaussés.

142. Figures. Dix dessins, plusieurs rehaussés.

143. Scènes diverses, paysages, animaux. Douze dessins.

144. Oiseaux divers. Treize dessins, plusieurs rehaussés de couleurs.

145. Divers Oiseaux sur des branches fleuries. Seize dessins à la plume, rehaussés de lavis.

146. Oiseaux divers : Coq, Canards, Hérons, etc. Seize dessins, plusieurs rehaussés de couleurs.

147. Animaux divers, principalement des Oiseaux. Dix-neuf dessins.

148. Fleurs et Plantes. Vingt-cinq dessins, plusieurs rehaussés de couleurs.

Imp. Frazier-Soye, 153-157, rue Montmartre, Paris.

www.ingramcontent.com/pod-product-compliance
Lightning Source LLC
LaVergne TN
LVHW011508170726
843501LV00009B/3670